영어
명언
필사

영어명언 필사

초판 1쇄 인쇄 | 2021년 9월 23일
초판 1쇄 발행 | 2021년 9월 30일

엮 음 | 채 빈
펴낸이 | 박영욱
펴낸곳 | 깊은나무

편 집 | 권기우
마케팅 | 최석진
디자인 | 서정희·민영선·임진형
SNS마케팅 | 박현빈·박가빈

주 소 | 서울시 마포구 월드컵로 14길 62
이메일 | bookocean@naver.com
네이버포스트 | post.naver.com/bookocean
페이스북 | facebook.com/bookocean.book
인스타그램 | instagram.com/bookocean777
전 화 | 편집문의: 02-325-9172 영업문의: 02-322-6709
팩 스 | 02-3143-3964

출판신고번호 | 제 2013-000006호

ISBN 978-89-98822-96-5 (03800)

대화의 품격을
높여주는

영어
명언
필사

채빈 엮음

깊은나무

❖ Prologue ❖

"To be or not to be, that is the question."
죽느냐 사느냐, 그것이 문제로다.

누구나 한 번쯤 들어봤고, 노트에 쓰면서 외워봤을 유명한 말이다. 술자리나 다과 자리에서 들려주면 상대방이 "오" 하고 작은 감탄사를 내뱉은 경험이 있을 법하다.

사전에서는 '명언'을 '사리에 맞는 말'이라고만 정의하고 있다. 하지만 명언은 단순히 좋은 말이 아니다. 명언은 시대를 먼저 살았던 정치가, 종교인, 철학가, 문학가 들이 남긴 지혜의 산물이다. 촌철살인이란 말처럼, 짧지만 한 권의 책보다 깊은 울림과 깨달음을 주는 통찰의 문장이다. 이러한 명언들은 지혜의 샘처럼 세대를 아울러 전해 내려오고 있다.

이 책은 한 줄기 빛처럼 힘을 주며 힐링이 되는 영어 명언 모음집이다. 인생 명언이라 해도 과언이 아닐 주옥 같은 명언과 명문장만 한데 모아 엮음으로서 필사하면서 암송할 수 있다.

우리나라 명언은 이미 익숙하겠지만, 영어 명언들은 우리에게 새로운 지혜를 준다. 글로벌 감수성과 함께 다른 문화권에서의 상식과 지혜를 전해주기도 한다.

영어 명언을 필사하다 보면 저절로 외워진다. 손으로 쓴다는 건 뇌를 자극하는 일이기도 하다. 교양이 있는 사람이 되어 타인과 대화할 때 대화의 품격을 높이는 것은 물론이고, 대인관계나 비즈니스에도 도움이 될 것이다.

스마트폰과 컴퓨터가 일상인 시대, 화면을 보고 손가락만 조금씩 움직여서 거의 모든 일을 처리하게 된다. 그런 한편에선 멍 때리기 대회가 있다고 한다. 바쁜 현대인들이 잠시나마 뇌를 쉬게 하는 휴식이 필요하기 때문에 생긴 이벤트일 것이다. 이제 우리는 아무 생각 없이 있는 것도 훈련이 필요할지 모른다.

예전에는 편지라고 하던 것을 이제는 '손편지'라고 따로 부른다. 손글씨보다 자판이 익숙한 시대이기 때문이다. 직접 볼펜이나 연필로 써보는 일이 일상에서 사라지고 있다. 그런 만큼 종이에 사각사각 연필로 글을 적거나, 볼펜으로 꾹꾹 눌러 쓰는 경험 자체가 우리에게 힐링이 되어준다.

이 책 《영어 명언 필사》는 쓰는 문화가 사라져가는 우리의 일상에 아날로그 감성을 불어넣고자 한다. 한 자 한 자 쓰다 보면 잡념이 사라지며 영혼이 평안해져 마음의 평화를 찾을 수 있다. 휴식은 새로운 에너지가 되어 일에서도 새로운 아이디어나 해결방법이 돌발적으로 떠오르는 데 도움이 되기도 한다. 뇌의 휴식과 몸의 힐링 그리고 번뜩이는 아이디어의 생산……. 하루 10분 영어 명언 필사로 얻을 수 있는 훌륭한 결실이라 할 수 있다.

이 책은 각 장을 탄생석으로 나누어 구성했다. 탄생석은 1년의 열두 달을 상징하는 열두 개의 보석이며, 그 달에 태어난 사람의 에너지를 나타낸다. 누구든 한 사람 한 사람은 보석보다 귀하며 빛나는 생명임을 의미한다.

이 책은 이러한 보석 같은 명언들을 탄생석의 갈래로 엮었다. 한 획 한 획 따라 쓰다 보면, 빛나는 인생을 살았던 위인들의 주옥같은 말에서 빛나는 인생의 지혜를 얻을 수 있을 것이다. 또한 그들의 인생을 압축한 명언들을 따라 쓰다 보면, 마음에 힐링을 얻어 내면의 새로운 자아를 만날 수 있을 것이다.

Contents

Prologue *4*

1 Garnet   진실과 우정   *10*

2 Amethyst   성실, 평화   *30*

3 Aquamarine   영원한 젊음   *50*

4 Diamond   불멸의 상징   *70*

5 Emerald   행복과 행운   *90*

6 Pearl   청순·순결·부귀   *110*

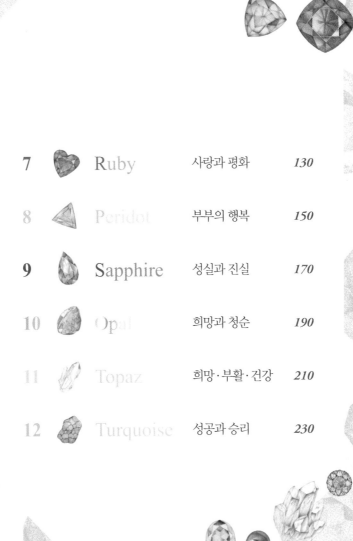

7 Ruby   사랑과 평화   *130*

8 Peridot   부부의 행복   *150*

9 Sapphire   성실과 진실   *170*

10 Opal   희망과 청순   *190*

11 Topaz   희망·부활·건강   *210*

12 Turquoise   성공과 승리   *230*

1

Garnet

진실과 우정

가넷

A small rock holds back a great wave.

_Homeros

작은 바위가 큰 파도를 밀어낸다.

_호메로스

Slow and steady wins the race.

_Aesop

천천히 그리고 꾸준한 것만이 경주에서 이긴다.

_이솝

Don't count the chickens before they are hatched.

_Aesop

부화되기 전까지 병아리 수를 세지 마라.

_이솝

Heaven helps those who help themselves.

_Aesop

하늘은 스스로 돕는 자를 돕는다.

_이솝

Union gives strength.

_Aesop

단결은 힘이다.

_이솝

All is flux, nothing stays still.

_Herakleitos

만물은 변화하며 정지하는 것은 없다.

_헤라클레이토스

I am not an Athenian or a Greek, but a citizen of the world.

_Socrates

나는 아테네 사람도 그리스 사람도 아니요, 세계의 시민이다.

_소크라테스

Employ your time in improving yourself by other men's writings, so that you shall gain easily what others have labored hard for.

_Socrates

다른 사람들이 노력해 얻은 것을 쉽게 얻을 수 있도록 책을 읽어 당신을 성장시키는 시간을 써라.

_소크라테스

Life is short and Art is long.

_Hippokrates

인생은 짧고 예술은 길다.

_히포크라테스

Pleasure is the beginning and the end of living happily.

_Epikouros

쾌락은 행복하게 사는 시초요, 끝이다.

_에피쿠로스

I have found it! (Eureka!)

_Archimedes

알았다!

_아르키메데스

There is no royal road to learning.

_Ptolemaios

학문에는 왕도가 없다.

_프톨레마이오스

Moral excellence comes about as a result of habit. We become just by doing just acts, temperate by doing temperate act, brave by doing brave acts.

_Aristoteles

뛰어난 도덕심은 습관에서 생겨난다. 우리는 올바른 행위를 함으로써 정당하게 된다. 절제하는 사람은 절도가 있는 사람이 되며, 용기 있는 행동을 하는 사람은 용맹한 사람이 된다.

_아리스토텔레스

The only reward of virtue is virtue.

_Silius Italicus

덕의 유일한 보답은 덕이다.

_실리우스 이탈리쿠스

Light frome the east.

_Roman Proverb

빛은 동쪽으로부터.

_로마 속담

Prosperity makes friends, adversity tries them.

_Publilius Syrus

성공은 친구를 만들고 역경은 친구를 시험한다.

_푸블릴리우스 시루스

A rolling stone gathers no moss.

_Publilius Syrus

구르는 돌에는 이끼가 끼지 않는다.

_푸블릴리우스 시루스

The die is cast.

_ Julius Caesar

주사위는 던져졌다.

_율리우스 카이사르

I came, I saw, I conquered.

_ Julius Caesar

왔노라, 보았노라, 이겼노라.

_율리우스 카이사르

As a rule, men worry more about what they can't see than about what they can.

_ Julius Caesar

대개, 사람들은 눈에 보이는 것보다 보이지 않는 것에 불안해한다.

_율리우스 카이사르

Time is flying never to return.

_Vergilius

시간은 흘러 다시 돌아오지 않는다.

_베르길리우스

Absence makes the heart grow fonder.

_Propertius

떨어져 있으면 정이 더 깊어진다.

_프로페르타우스

A liar should have a good memory.

_Fabius Quintilianus

거짓말쟁이는 기억력이 좋지 않으면 안된다.

_파비우스 퀸틸리아누스

(You should pray for) A sound mind in a sound body.

_ Juvenalis

건전한 신체에 건전한 정신을.

_유베날리스

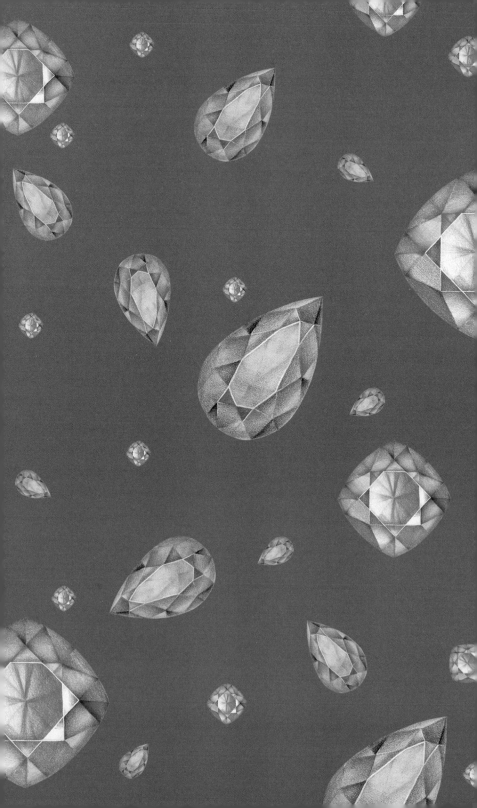

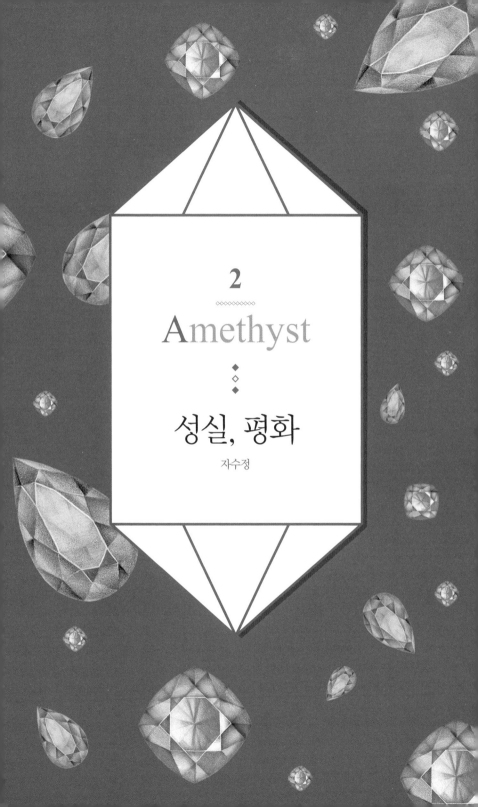

2

Amethyst

성실, 평화

자수정

Fire is the test of gold; adversity, of strong men.

_Seneca

불은 금을 시험하고, 역경은 강한 인간을 시험한다.

_세네카

For Public Good. (Pro Bono Publico)

_Roman Proverb

모두의 행복을 위하여.

_로마 속담

The voice of the people is the voice of God.

_Alcuin

민중의 소리는 신의 소리.

_알킨

A men of words and not of deeds is like a garden full of weeds.

_Nursery Rhyme

말만 하고 실행하지 않는 사람은 잡초가 무성한 뜰 과 같다.

_동요

Bad money drives out good money.

_Thomas Gresham

악화(惡貨)가 양화(良貨)를 구축한다.

_토머스 그레셤

That which is everybody's business is noboday's business.

_Izaak Walton

모든 사람의 일은 그 누구의 일도 아니다. (공동 책임은 무책임)

_아이작 월턴

Better to reign in hell that to serve in heaven.

_ John Milton

천국에서 노예가 되기보다 지옥에서 왕자로 군림하리라.

_존 밀턴

Sweet is pleasure after pain.

_John Dryden

고통 뒤의 즐거움은 달다.

_존 드라이든

The battle of Waterloo was won on the playing fields of Eton.

_Duke of Wellington

워털루 전투의 승리는 이튼의 운동장에서 이루어졌다.

_웰링턴 공작

Procrastination is the thief of time.

_Edward Young

지연은 시간이 도둑이다.

_에드워드 영

Plain living and high thinking are no more.

_William Wordsworth

검소한 생활, 고상한 사색은 이미 없다.

_윌리엄 위즈워스

To live in hearts we leave behind, is not to die.

_Thomas Campbell

남아 있는 사람들의 마음 속에 살면 결코 죽는 것이
아니다.

_토머스 캠벨

Truth is stranger than fiction.

_George Gordon Byron

사실은 꾸민 이야기보다 더 기이할 때가 있다.

_조지 고든 바이런

Kissing doesn't last, cookery does.

_George Meredith

키스는 오래 가지 않지만, 요리는 오래 지속된다.

_조지 메러디스

Better by far that you should forget and smile than that you should remember and be sad.

_Christina Rossetti

기억하며 슬퍼하는 것보다 잊어버리고 웃는 것이 훨씬 낫다.

_크리스티나 로제티

What's in a name? That which we call a rose by any other name would small as sweet.

_William Shakespeare

이름이란 무엇인가? 장미가 다른 이름으로 불린다 하더라도 달콤한 향기는 나는 것일 텐데.

_윌리엄 셰익스피어

A better part of valour is discretion.
용기의 대부분은 조심성이다.

The evil that men do lives after them. The good oft interred with their bones.
사람이 행한 악한 일은 죽은 뒤에도 남는다. 선행은 종종 뼈와 함께 묻힌다.

There are more things in heaven and earth, Horatio, than are dreamt of in your philosophy.

호레이쇼, 이 천지간에는 너의 철학으로는 상상도 못할 만큼 많은 것들이 있네.

All that glisters is not gold.

반짝이는 모든 것이 금은 아니다.

But love is blind, and lovers cannot see the pretty follies they themselves commit.

그러나 사랑은 장님이기 때문에 사랑하는 자들은 스스로가 범하는 유치한 바보짓을 보지 못한다.

If it be true that good wine needs no bush, 'tis true that a good play needs no epilogue.

좋은 술에 간판이 필요 없듯이, 훌륭한 연극에는 에 필로그가 필요 없다.

How sharper that a serpent's tooth it is. To have a thankless child.

불효자식을 갖는 일은 독사의 이빨보다도 고통스럽다.

3

Aquamarine

영원한 젊음

아쿠아마린

When Adam delved and Eve span, who was than the gentleman?

_ John ball

아담이 밭을 갈고 이브가 베를 짜던 때에 누가 귀족이었는가?

_존 볼

We make a living by what we get, but we make a life by what we give.

_Winston Churchill

우리는 타인으로부터 받은 것으로 생활을 하며, 타인에게 준 것으로 인생을 만들어간다.

_윈스턴 처칠

All hope abandon, ye who enter here!

_Dante

이곳에 들어오는 자는 모두 희망을 버려라!

_단테

A book that is shut is but a block.

_French Proverb

덮어둔 책은 나무토막에 지나지 않는다.

_프랑스 속담

Bacchus has drowned more men that Neptune.

_French Proverb

주신(酒神)은 해신(海神)보다 많은 사람을 익사시켰다.

_프랑스 속담

Where are the snows of yester year?

_Francois Villon

지난해 내린 눈은 지금 어디에?

_프랑수아 비용

Draw the curtain, the face is over.

_Francois Rabelais

막을 내려라. 연극은 끝났다.

_프랑수아 라블레

If Cleo patra's nose had been shoter, the whole face of
the world would have been changed.

_Blais Pascal

클레오파트라의 코가 조금 더 낮았더라면 세계의
역사는 변했을 것이다.

_블라이스 파스칼

Genius is Patience.

_G. L. Buffon

천재는 인내이다.

_G. L. 버폰

There is no such word as 'impossible' in my dictionnary.

_Napoleon

내 사전에 불가능이란 없다.

_나폴레옹

One lives but once in the world.

_Goethe

사람은 한 번밖에 살지 못한다.

_괴테

Love consists in this, that two solitudes protect and touch and greet each other.

_Rainer Maria Rilke

사랑이란 두 개의 고독한 영혼이 서로 보호하고 느끼고 기쁨을 나누는 데 있다.

_라이너 마리아 릴케

Feelings are absolute. Above all jealousy is most absolute of feelings.

_Dostoevskii

감정은 절대적인 것이다. 특히 질투는 가장 절대적인 감정이다.

_도스토옙스키

Marriage without love is not marriage.

_Tolstoy

사랑 없는 결혼은 진정한 결혼이 아니다.

_톨스토이

Every one thinks of changing the world, but no one thinks of changing himself.

_Tolstoy

모든 사람들은 세계가 변해야 한다고 생각하지만 자신이 변하려고 하지는 않는다.

_톨스토이

If you are afraid of loneliness, do not marry.

_Anton Chekhov

고독을 두려워한다면 결혼하지 말라.

_안튼 체호프

Honesty is the best policy.

_Cervantes

정직이 최선의 방법이다.

_세르반테스

Genius is one percent inspiration, ninegy-nine percent perspiration.

_Thomas Edison

천재는 1%의 영감과 99%의 땀이다.

_토머스 에디슨

The pessimist sees difficulty in every opportunity. The optimist sees opportunity in every difficulty.

_Winston Churchil

비관론자는 모든 기회 속에서 어려움을 찾아내고,
낙관론자는 모든 어려움 속에서 기회를 찾아낸다.

_윈스턴 처칠

People don't care how much you know, until they know how much you care.

_Anonymuous

얼마나 많이 아는가보다는 얼마나 남을 배려하는가가 중요하다.

_작자미상

When I get old and I look back, I want to regret the things I did, and not the things I didn't do.

_George Lincoln

먼 훗날 인생을 되돌아볼 때, 하지도 않았던 일을 후회하기보다는 했던 일을 후회하고 싶다.

_조지 링컨

4

Diamond

불멸의 상징

다이아몬드

When I do good, I feel good. When I do bad, I feel bad. That's my religion.

_Abrahan Lincoln

좋은 일을 하면 기분이 좋고, 나쁜 일을 하면 기분이 나쁘다. 이것이 나의 신조다.

_에이브러햄 링컨

You can make more friends with your ears than your mouth.

_Anonymous

좋은 친구를 많이 만들고 싶다면 입이 아닌 귀로 하라.

_작자미상

There isn't a person anywhere that isn't capable of doing more than he thinks he can.

_Henrry Ford

사람은 누구나 자기가 할 수 있다고 믿는 것 이상의 것을 할 수 있다.

_헨리 포드

Rules were made to be broken.

_Anonymous

규칙은 깨기 위해 있는 것이다.

_작자미상

All life is an experiment.

_Ralph Waldo Emerson

인생은 하나의 경험이다.

_랄프 왈도 에머슨

If you think you can, or you think you can't, you're right!

_Henry Ford

할 수 있다고 생각하면 할 수 있고, 할 수 없다고 생각하면 할 수 없다.

_헨리 포드

If you can DREAM it, you can DO it.

_Walt Disney

꿈꿀 수 있다면 실현도 가능하다.

_월트 디즈니

Success is never permanent, and failure is never final.

_Mike Dikta

성공은 절대로 영원하지 않고 실패는 절대로 끝이
아니다.

_마이크 딧카

Fear of failure is the father of failure.

_Anonymous

실패에 대한 두려움이 실패를 부른다.

_작자미상

If fate hands you a lemon, try to make lemonade.

_Anonymous

운명이 당신에게 레몬을 쥐여주면 레모네이드를 만들려고 노력하라.

_작자미상

The door of opportunity is opened by pushing.

_Anonymous

기회의 문은 밀어야 열린다.

_작자미상

One of these days is none of these days.

_Herry George Bohn

"언젠가"라는 날은 영원히 오지 않는다.

_헨리 조지 본

Thinking is not doing.

_Anonymous

생각만 하고 있어서는 안 된다.

_작자미상

Every man's life is a fairy tale wriitten by God's finger.

_Hans Andersen

모든 사람의 인생은 신에 의해 쓰여진 한 편의 동화
이다.

_한스 안데르센

Today is th first ady of the rest of your life.

_Anonymous

오늘은 당신 남은 인생의 첫날이다.

_작자미상

Concentrate all your thoughts upon the work at hand.
The sun's rays do not burn until brought to a focus.

_Alexander Graham Bell

지금 하고 있는 일에 모든 정신을 집중하라. 태양 광
선도 초점이 맞지 않으면 태우지 못한다.

_알렉산더 그레이엄 벨

Ask, and it will be given you; seek, and you will find; knock, and it will be opened to you.

구하라, 그러면 얻을 것이다. 찾으라, 그러면 발견할 것이다. 두드리라, 그러면 열릴 것이다.

_신약성서

You can't help getting older, but you don't have to get old.

_George Burns

나이 먹는 것은 어쩔 수가 없다. 하지만 늙은이가 될 필요는 없다.

_저지 번스

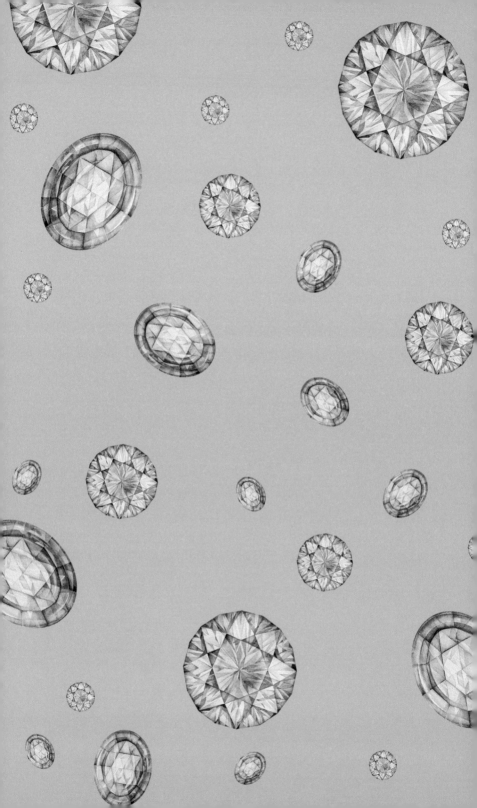

5

Emerald

◆
◇
◆

행복과 행운

에메랄드

I am not discouraged, because every wrong attempt discarded is another step forward.

_Thomas Edison

나는 꺾이지 않는다. 왜냐하면 어떠한 실패도 전진을 위한 또 다른 한 걸음이기 때문이다.

_토머스 에디슨

The important thing is never to stop questioning.

_Albert Einstein

중요한 것은 계속 의문을 갖는 것이다.

_앨버트 아인슈타인

Experience is the best of schoolmasters, only the school fees are heavy.

_Thomas Carlyle

경험은 최고의 교사이다. 단 수업료가 지나치게 비싸다고나 할까.

_토머스 칼라일

Boys, be ambitious, not for mooney, not for selfish accomplishment, not for that evanescent thing which men call fame. Be ambitious for attainment of all that a man ought to be.

_William Smith Clark

소년이여, 야망을 가지라. 돈이나 이기적인 성취를 위해서가 아니라, 사람들이 명성이라 부르는 덧없는 것을 위해서가 아니라 단지 인간이 갖추어야 할 모든 것을 얻기 위하여.

_윌리엄 스미스 클라크

Diligence is the mother of good luck.

_Benjamin Franklin

근면은 행운의 어머니이다.

_벤자민 프랭클린

Every individual has a place to fill in the world, and
is important, in some respect, whether he chooses to
be so or not.

_Nathaniel Hawthorne

모든 개인은 이 세상에서 맡아야 할 역할이 있다. 어
떻게 보면 각자 그것을 선택하느냐 선택하지 않는
냐가 중요한 것이다.

_나다니엘 호손

Life is either a daring adventure or nothing.

_Helen Keller

인생은 과감한 모험이거나 보잘것없는 것이다.

_헬렌 켈러

At the touch of love, everyone becomes a poet.

_Plato

사랑을 하면 누구나 시인이 된다.

_플라톤

Lost wealth may be replaced by industry, lost knowledge by study, lost health by temerance or medicine, but lost times is gone forever.

_Samuel Smiles

잃어버린 부는 근면함으로, 잃어버린 지식은 공부로, 잃어버린 건강은 절제와 약으로 되돌릴 수 있지만 잃어버린 시간은 영원히 되돌릴 수 없다.

_새뮤얼 스마일스

Vision is the art of seeing the invisible.

_Jonathan Swift

비전은 보이지 않는 것을 보는 예술이다.

_조나단 스위프트

A good laugh is sunshine in a house.

_William Thackeray

아름다운 웃음은 가정에 비치는 햇빛이다.

_윌리엄 새커리

We choose to go tho the Moon.

_ Jhon F. Kennedy

우리는 달에 가기로 결정했습니다.

_존 F. 케네디

Naver let your memories be greater than your dreams.

_Douglas Ivester

과거에 만족하기보다 꿈을 더 크게 가려자

_더글라스 이베스터

Success follows doing what you wants to do. There is no other way to be successful.

_Malcolm Forbes

하고 싶은 것을 해야만 성공할 수 있다. 이것이 유일한 성공비결이다.

_말콤 포브스

Success is never d destination. It is a journey.

_Statenig St. Marie

성공은 종착점이 아니라 여정이다.

_스타테니그 세인트 마리

Determination and motivation equal success.

_Anonymous

결의와 의욕이 성공을 부른다.

_작자미상

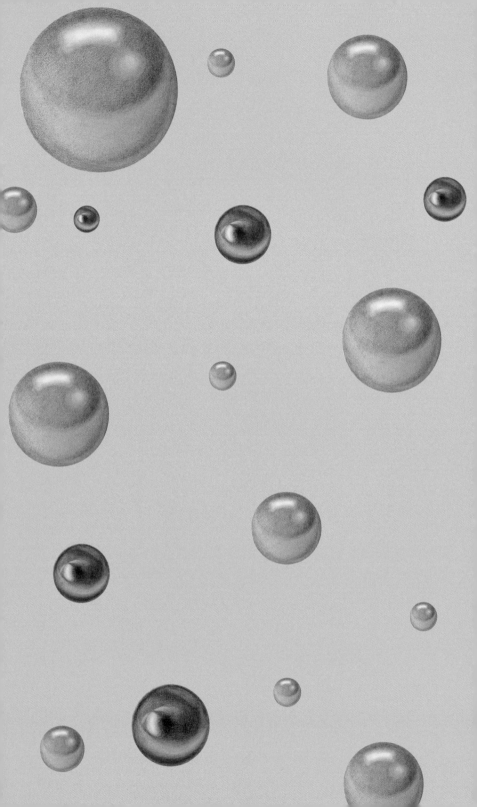

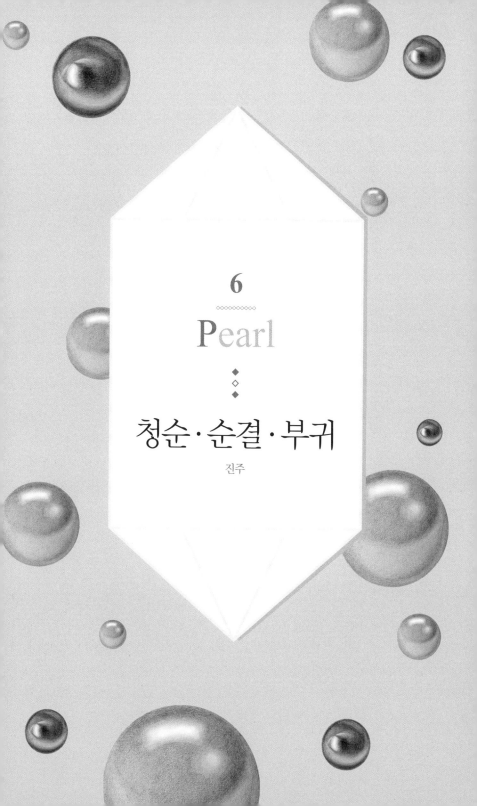

6

Pearl

◆ ◇ ◆

청순 · 순결 · 부귀

진주

Act as if it were impossible to fail.

_Dorothea Brand

반드시 성공한다는 각오로 임하라.

_도로시 브랜드

If you fear failure, you shall never secced.

_Anonymous

실패를 두려워하면 결코 성공할 수 없다.

_작자미상

Failure is a detour, not a dead-end street.

_Zig Zigler

실패는 우회로일 뿐, 막다른 길이 아니다.

_지그 지글러

They are rich who have true friends.

_Thomas Fuller

진정한 친구가 있는 사람이야말로 부자다.

_토머스 풀러

All people smile in the same language.

_Anonymous

미소는 만국공통어이다.

_작자미상

Life is not a spectator sport.

_Reebok(R)

인생은 보기만 하는 스포츠가 아니다.

_리복(R)

When you come to a roadblock, take a detour.

_Mary Kay Ash

장애물이 있으면 돌아가라.

_메리 케이 애시

The road is always shorter when two people walk it.

_Anonymous

길동무와 함께하면 여정은 더 짧다.

_작자미상

Love is a game that both sides can win.

_Anonymous

사랑이란 양팀 모두 승리할 수 있는 게임이다.

_작자미상

Never, never, never, never guve up.

_Winston Churchil

절대로 포기하지 말라. 절대로!

_윈스턴 처칠

The only way to have a friend is to ve one.

_Ralph Waldo Emerson

친구를 얻는 유일한 방법은 자기가 먼저 친구가 되는 것이다.

_랄프 왈도 에머슨

Of curse I'm crazy, but that doesn't mean I'm wrong.

_Robert Anton Wilson

확실히 나는 미쳤다. 하지만 틀린 건 아니다.

_로버트 안톤 윌슨

I find the harder I work, the more luck have.

_Thomas Jefferson

노력할수록 행운은 따른다.

_토머스 제퍼슨

We are what we repeatedly do.

_Aristotle

현재의 우리는 우리가 반복적으로 하는 행동의 결과이다.

_아리스토텔레스

The time is always right to do what is right.

_Martin Luther King. Jr.

옳은 일을 하는 데 적기란 없다.

_마틴 루터 킹 2세

To thine own self be true.

_William Shakespeare

너 자신에게 성실하라.

_윌리엄 셰익스피어

The harder you fall, the higher you bounce.

_Anonymous

더 세게 떨어질수록 더 높이 튀어 오른다.

_작자미상

The future depends on what we do in the present.

_Mahatma Gandhi

미래는 현재 우리가 무엇을 하고 있는가에 달려 있다.

_마하트마 간디

7

Ruby

◆
◇
◆

사랑과 평화

루비

The greater the obstacle, the more glory in overcoming
it.

_Moliere

고난이 클수록 극복했을 때의 기쁨도 크다.

_몰리에르

A problem is your chance to do your best.

_Duke Ellington

고난이야말로 최선을 다할 수 있는 기회다.

_듀크 엘링턴

We aim above the mark to hit the mark.

_Ralph Waldo Emerson

성공하고 싶다면 보통 이상을 목표로 하라.

_랄프 왈도 에머슨

Good judgement comes from experience, and experience comes from bad judgement.

_Anonymous

훌륭한 판단력은 경험에서 비롯되고, 경험은 그릇된 판단에서 얻어진다.

_작자미상

Violence is not strength and compassion is not weakness.

_King Arthur

폭력은 강한 모습이 아니고 동정은 약한 모습이 아니다.

_아서왕

If you love something, let it go. If it comes back to you, it's yous; if it doesn't, it never was.

_Anonymous

누군가를 사랑하면 자유롭게 놓아주라. 다시 돌아오면 당신의 것이고, 다시 돌아오지 않으면 원래부터 당신의 것이 아니다.

_작가미상

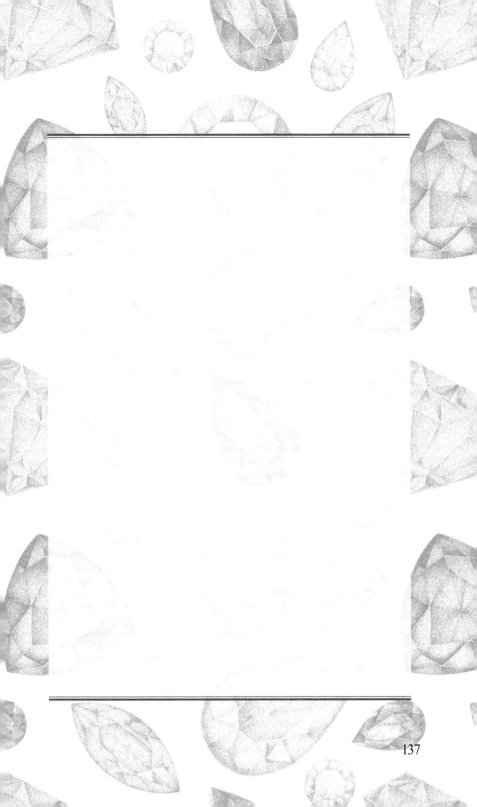

In order to succeed, We must first believe that we can.

_Michael Korda

성공하기 위해서는 할 수 있다는 확신을 가져야 한다.

_마이클 코다

Every man dies, but not every man lives.

_William Wallace

모든 사람은 죽는다. 하지만 모든 사람이 진정한 삶을 사는 건 아니다.

_윌리엄 월리스

Perhaps the worst sin in life is knowing right and not
doing it.

_Martin Luther King. Jr.

인생에서 최악의 죄는 무엇이 옳은지 알면서도 행
하는 않는 것이다.

_마틴 루터 킹 2세

To be great is to be misunderstood.

_Ralph Waldo Emerson

위대해지는 것은 오해를 받는 일이다.

_랄드 왈도 에머슨

141

A wise man makes more opportunities than he finds.

_Francis Bacon

현명한 사람은 자기가 발견하는 이상의 많은 기회를 만든다.

_프랜시스 베이컨

Fear of the future is a waste of the present.

_Anonymous

미래를 두려워하는 것은 현재를 낭비하는 것이다.

_작자미상

The most important things in life aren't things.

_Anonymous

인생에서 가장 중요한 것은 물질이 아니다.

_작자미상

Don't die until you are dead.

_Anonymous

죽음이 올 때까지 죽지 말라.

_작자미상

There are no shortcuts to life's greatest achievements.

_Anonymous

인생의 최고 위업에 지름길이란 없다.

_작자미상

Show me a person who has never made a mistake
and I'll show you somebody who has never achieved
much.

_Joan Collins

한 번도 실수한 적 없는 사람을 보여주면 단 한 번
성공하지 못한 사람을 보여드리지요.

_조엔 콜린스

We can accomplish great things if we don't worry about who gets the credit.

_Anonymous

누가 명예를 얻을 것인가를 신경 쓰지 않아야 위업을 이룰 수 있다.

_작자미상

As long as you're going to think anyway, think big.

_Donald Trump

어차피 생각할 바에는 대범하게 생각하라.

_도널드 트럼프

8

Part 8

◆
◇
◆

부부의 행복

Do not let what you cannot do interfere with you can
do.

_ John Wooden

'할 수 없는 일'이 '할 수 있는 일'을 방해하게 하지
말라.

_존 우든

He that will not sail till all dangers are over must
never put to sea.

_Thomas Fuller

모든 위험이 사라질 때까지 항해를 떠나지 못하는
사람은 결코 바다로 나갈 수 없다.

_토머스 풀러

Victory is sweetest when you have known defeat.

_Malcolm Forbes

승리는 패배의 맛을 알 때 제일 달다.

_말콤 포브스

Work like you don't need the money, love like
you've never been hurt, and dance like you do when
nobody's watching.

_Anonymous

보수 따위는 필요 없다는 듯이 일하고, 상처받은 적
이 없는 사람처럼 사랑하고, 아무도 보고 있지 않을
때처럼 춤추어라.

_작자미상

Respect is something you have to earn not something you get because you are in charge.

_Anonymous

존경은 당신이 높은 자리에 있기 때문에 받는 것이 아니라 스스로 얻어 나가는 것이다.

_작자미상

You miss 100% of the shots you never take.

_Wayne Gretsky

공을 차지 않으면 골인은 100% 불가능하다.

_웨인 그레츠키

Respect all, fear none.

_Anonymous

모든 사람을 존경하고 아무도 두려워하지 말라.

_작자미상

Coming together is a beginning, keeping together is progress, working together is success.

_Henry Ford

모이면 시작이고, 같이 있으면 진보이고, 함께 일하면 성공이다.

_헨리 포드

The time to relax is when you don't have time for it.

_Sydney J. Harris

바빠서 여유가 없을 때야말로 쉬어야 할 때이다.

_시드니 J. 해리스

I never think of the future. It comes soon enough.

_Albert Einstein

나는 미래를 미리 생각하지 않는다. 너무 빨리 오니까.

_앨버트 아인슈타인

We make progress if, and only if, we are prepared to learn from our mistakes.

_Karl R. Popper

실수에서 무언가를 배울 준비가 되어 있을 때, 아니 그럴 때에만 우리는 진보한다.

_카를 R. 포퍼

Sometimes things can go right only by first going very wrong.

_Edward Tenner

먼저 쓴맛을 보고 나면 일이 더 잘 풀리기도 한다.

_에드워드 테너

Courage makes both friends and foes.

_Anonymous

용기는 친구와 적, 양쪽을 다 만든다.

_작자미상

Hope for the best, be ready for the worst.

_Anonymous

최상을 기대하라. 그리고 최악의 상황에 대비하라.

_작자미상

You can sell more with your ears than with your mouth.

_Anonymous

입으로 말하기보다 귀로 들으면 더 많이 팔 수 있다.

_작자미상

The best way to change th world is to change yourself.

_Anonymous

세상을 바꾸는 최선의 길은 바로 너 자신을 바꾸는 것이다.

_작자미상

Well done is better than well said.

_Benjamin Franklin

훌륭한 행동이 훌륭한 말보다 낫다.

_벤저민 프랭클린

One hates what one fears.

_Marylin Manson

두려움은 증오를 낳는다.

_마릴린 맨슨

9

Sapphire

성실과 진실

사파이어

Life is a journey, not a guided tour.

_Anonymous

인생은 가이드가 안내하는 안전한 투어가 아니라
험한 여행길이다.

_작자미상

The road to success is always under construction.

_Arnold Palmer

성공에 이르는 길은 언제나 공사 중이다.

_아놀드 파머

Be quick, but don't hurry.

_ John Wooden

신속하게 하라. 하지만 서두르지는 말라.

_존 우드

An optimist laughs to forget. A pessimist forgets to laugh.

_Anonymous

낙천주의자는 웃으면서 잊고, 염세주의자는 웃는 것을 잊어버린다.

_작자미상

People rarely succeed unless they have fun in what
they are doing.

_Dale Carnegie

자기가 하는 일을 즐겨야 성공한다.

_데일 카네기

Find something you love to do and you'll never have
to work a day in your life.

_Harvey Mackay

좋아하는 일을 찾으라. 그러면 당신은 평생 단 하루
도 일할 필요가 없다.

_하비 맥케이

Self-trust is the first secret of success.

_Ralpth Waldo Emerson

자기 신뢰가 성공의 제1의 비결이다.

_랄프 왈도 에머슨

No one can make you feel inferior without your consent.

_Eleanor Roosevelt

당신의 동의 없이는 아무도 당신을 열등감 느끼게 하지 못한다.

_엘리너 루스벨트

The past is the worst predictor of the future.

_Anonymous

과거는 미래에 대한 최악의 예언자다.

_작자미상

There is always a better way.

_Thomas Edison

더 좋은 방법은 언제나 존재한다.

_토머스 에디슨

Successful people are those good at failure.

_Anonymous

성공하는 사람은 실패하는 데 익숙한 사람이다.

_작자미상

Few are those who see with their own eyes and feel with their own hearts.

_Albert Einstein

자기자신의 눈으로 보고, 자기자신의 가슴으로 느끼는 사람은 거의 없다.

_앨버트 아인슈타인

Only life lived for others is a life worthwhile.

_Albert Einstein

오직 다른 사람을 위해서 산 인생만이 가치 있는 삶
이다.

_앨버트 아인슈타인

Anyone who has never made a mistake has never
tried anything new.

_Albert Einstein

한 번도 실수한 적이 없는 사람은 한 번도 새로운
것에 도전해본 적이 없는 사람이다.

_앨버트 아인슈타인

Life is very short. And thereis no time for fussing and
fighting, my friends.
_The Beatles

친구여, 인생은 아주 짧다. 씨우거나 말다툼할 시간
이 없다.
_비틀즈

We cannot all do great things. But we can do small
things with great love.
_Mother Teresa

아무나 위대한 일을 할 수 있는 건 아니다. 하지만
위대한 사랑으로 작은 일을 할 수는 있다.
_테레사 수녀

Always do what you are afraid to do.

_Ralph Waldo Emerson

언제나 당신이 두려워하는 일을 하라.

_랄프 왈도 에머슨

If you obey all the rules, you miss all the fun.

_Katherine Hepburn

규율을 모두 따르면 즐거움을 모두 놓치게 된다.

_캐서린 헵번

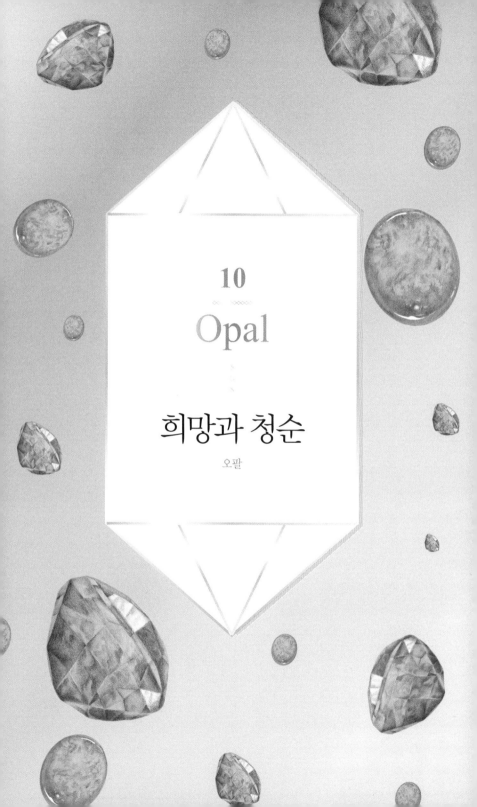

10

Opal

희망과 청순

오팔

Love all, trust a few, do wrong to none.

_Willam Shakespeare

모두를 사랑하고, 몇 사람만 믿고, 누구에게도 나쁜
일은 하지 말라.

_윌리엄 셰익스피어

Never complain. Never explain.

_Katherinre Hepburn

절대로 불평하지도 변명하지도 말라.

_캐서린 헵번

The most wasted of all days is one without laughter.

_E. E. Cummings

웃지 않은 날만큼 헛된 날은 없다.

_E. E. 커밍스

Think like a man of action, act like a man of thought.

_Herri Bergson

행동가처럼 생각하라. 그리고 생각하는 사람처럼 행동하라.

_헨리 베르그송

You will never find time for anything. If you want time, you must make it.

_Charls Buxton

뭔가를 할 시간은 찾는 것이 아니라 만드는 것이다.

_찰스 벅스턴

The more we do, the more we can do.

_Willam Hazlitt

하면 할수록 더 할 수 있다.

_윌리엄 해즐릿

People do not lack strenghth, they lack will.

_Victor Hugo

강인함이 부족한 것이 아니라 의지가 부족한 것이다.

_빅토르 위고

Whenever you find that you are on the side of the majority, it is time to reform.

_Mark Twain

자신이 다수와 의견이 같다고 느낄 때는 개선해야 할 때이다.

_마크 트웨인

Conformity is the jailer of freedom and the enemy of growth.

_ John F. Kennedy

복종은 자유의 간수이자 성장의 적이다.

_존 F. 케네디

We can't control the tragic things that happen to us, but we can control the way we face up to them.

_Anonymous

닥쳐오는 비극을 피할 수는 없어도 그것에 어떻게 대처하는가는 자기 하기 나름이다.

_작자미상

Treat your friends like family and your family like friends.

_Anonymous

친구를 가족처럼, 가족을 친구처럼 대하라.

_작자미상

You can't do much about the length of your life, but you can do a lot about its depth and width.

_Anonymous

인생의 길이는 바꿀 수 없지만 그 깊이나 넓이는 바꿀 수 있다.

_작자미상

You are never given a dream without also being given

the power to make it true.

You may have to work for it, however.

_Richard Bach

꿈은 반드시 그것을 실현할 수 있는 힘과 같이 주어

진다. 그러나 이루기 위해서는 노력해야 한다.

_리처드 바크

The joys of parents are secret, and so are their griefs

and fears.

_Francis Bacon

부모의 기쁨은 숨겨져 있다. 슬픔이나 근심도 마찬

가지다.

_프랜시스 베이컨

Trust men and they will be true to you; treat them greatly and they will show themselves great.

_Ralph Waldo Emerson

신뢰하라. 그러면 그들도 당신에게 진실해질 것이다. 훌륭한 사람에게 하듯 하라. 그러면 그들도 자신의 훌륭함을 보여줄 것이다.

_랄프 왈도 에머슨

It's never too late to be who you might have been.

_George Eilot

당신이 되어 있었을지도 모르는 사람이 되기에 늦은 법은 절대로 없다.

_조지 엘리엇

The successful man will profit from his mistakes and try again in a different way.

_Dale Carnegie

성공하는 사람은 실수로부터 배우고 다른 방법으로 재도전한다.

_데일 카네기

The man who goes the farthest is generally the one who is willing to do and dare.

_Dale Carnegie

일반적으로 성공하는 자는 기꺼이 과감하게 도전하는 자이다.

_데일 카네기

11

Topaz

희망 · 부활 · 건강

토파즈

All the great things are simple, and many can be expressed in a single word: freedom; justice; honor; duty; mercy; hope.

_Winston Churchill

모든 위대한 것들은 단순한다. 그리고 많은 위대한 것들이 자유, 정의, 명예, 의무, 자비, 희망처럼 단순한 말로 표현될 수 있다.

_윈스턴 처칠

He who believes is strong; he who doubts is weak. Strong convictions precede great actions.

_ James Freeman Clark

믿는 자는 강하고 의심하는 자는 약하다. 강한 확신은 위대한 행동보다 우선한다.

_제임스 프리먼 클라크

All our dreams can come true-if we have the courage
to pursue them.

_Walt Disney

꿈을 추구할 용기만 있으면 모든 꿈은 반드시 이루
어진다.

_월트 디즈니

If you would be loved, love and be lovable.

_Benjamin Franklin

사랑받고 싶으면 먼저 사랑하라. 그리고 사랑스러워
져라.

_벤자민 프랭클린

Don't find fault, find a remedy.

_Henry Ford

문제점을 찾지 말고 해결책을 찾으라.

_헨리 포드

I have never met a man so ignorant that I couldn't learn something from him.

_Galileo Galilei

아무리 무지한 사람이라도 본받을 점은 있다.

_갈릴레오 갈릴레이

You must not lose faith in humanity.
Humanity is an ocean; if a few drops of the ocean are dirty, the ocean does not become dirty.

_Mahatma Gandhi

인류에 대한 신뢰를 잃어서는 안 된다.
인류는 대양과도 같은 것이다. 몇 방울이 오염되었다고 해서 바다 전체가 오염되는 것은 아니다.

_마하트마 간디

Our greatest glory consists not in never falling, but in rising every time we fall.

_Oliver Goldsmith

우리의 가장 빛나는 영광은 절대로 쓰러지지 않는 데 있는 게 아니라 쓰러질 때마다 다시 일어나는 데 있다.

_올리버 골드스미스

The strongest man on the earth is the one who stands most alone.

_Henrik Ibsen

세상에서 가장 강한 사람은 고독을 견딜 수 있는 사람이다.

_헨리크 입센

Life is an exciting business and most exciting when it is lived for others.

_Helen Keller

인생은 흥미진진하다. 특히 남을 위해 살아갈 때 가장 흥미롭다.

_헬렌 켈러

The best and most beautiful things in the world cannot be seen or even touched.

They must be felt with the heart.

_Helen Keller

세상에서 가장 아름다고 소중한 것은 보이거나 만져지지 않는다. 단지 가슴으로만 느낄 수 있다.

_헬렌 켈러

New opinions are always suspected, and usually opposed, without any other reason but because they are not already common.

_ John Locke

새로운 의견은 아직 일반적이지 않다는 이유만으로 언제나 의심받아 대부분 반대에 부딪힌다.

_존 로크

He who loves not wine, women and songs, remains a fool his whole life long.

_Martin Luther King

술, 여자, 노래를 사랑하지 않는 자는 평생 바보로 남는다.

_마틴 루터 킹

It requires more courage to suffer than to die.

_Napoleon Bonaparte

괴로움을 견디려면 죽는 것보다 더 큰 용기가 필요
하다.

_나폴레옹

It is in the moment of decisions that your destiny is
shaped.

_Anthony Robbins

당신의 운명이 결정되는 것은 결심하는 바로 그 순
간이다.

_앤서니 로빈스

Happiness lies in the joy of achievement and the thrill of creative effort.

_Franklin Roosevelt

행복은 성취의 기쁨과 창조적 노력에서 오는 스릴에 있다.

_프랭클린 루스벨트

The only limit to our realization of tomorrow will be our doubts of today.

_Franklin Roosevelt

미래를 실현하는 데 있어 단 한 가지 한계는 현재를 의심하는 것이다.

_프랭클린 루스벨트

It is much more difficult to judge oneself than to judge others.

_Saint-Exupery

남을 판단하는 것보다 자기자신을 판단하는 것이 훨씬 더 어렵다.

_생텍쥐페리

Learning is not attained by chance; it must ve sought for with ardor and attended to with diligence.

_Abigail Adams

배움은 우연히 얻어지는 것이 아니라 추구하는 열정과 근면함의 결과이다.

_에비게일 애덤스

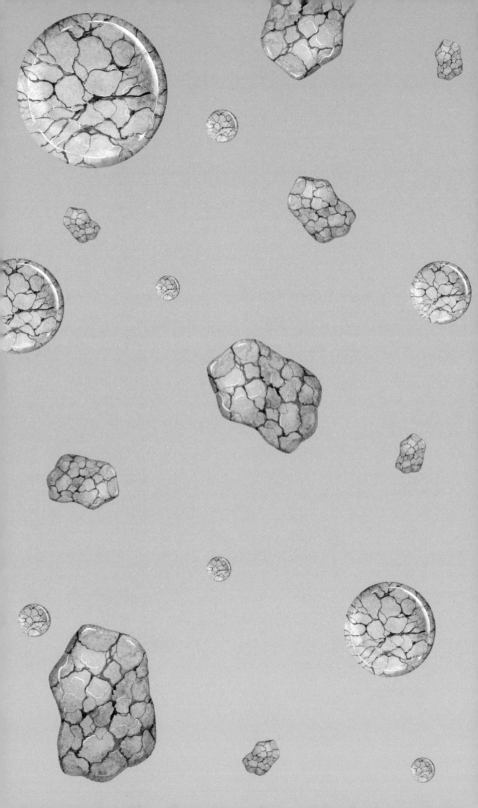

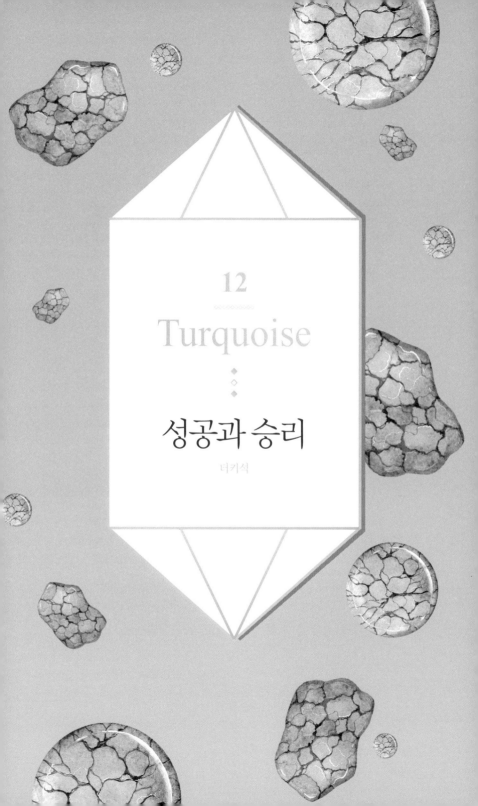

12
Turquoise

성공과 승리

더키석

Let him that would move the world first move himself.

_Plato

세상을 움직이려거든 먼저 자기자신을 움직이라.

_플라톤

The more se study, the more we discover our ignorance.

_Percy B. Shelley

배우면 배울수록 무지함을 더 알게 된다.

_퍼시 B. 셸리

'Tis better to have loved and lost than never to have loved at all.

_Alfred Tennson

사랑의 경험이 전혀 없는 것보다는 실연당해 보는 것이 낫다.

_알프레드 테니슨

Keep a smile on your face till 10 o'clock and it will stay there all day.

_Douglas Fairbanks

10시까지 미소를 머금고 있으라. 그러면 그 미소가 하루 종일 그렇게 머물러 있을 것이다.

_더글러스 페어뱅크스

An empty bag cannot stand upright.

_Benjamin Franklin

빈 자루는 똑바로 설 수 없다.

_벤저민 프랭클린

Give me liberty or give me death!

_Patrick Henry

자유가 아니면 죽음을 달라.

_패트릭 헨리

There's no place like home.

_ John Howard Payne

내 집이 최고다.

_존 하워드 페인

For of all sad words of tongue or pen, the saddest are
these: "It might have been!"

_ J. G. Whittier

말로든 글을 통해서든, 모든 슬픈 말 중에서도 가장
슬픈 말은 "그럴 수도 있었는데"라는 말이다.

_J. G. 휘티어

Tell me not, in mournful numbers, "Life is but an
empty dream!"

_Henry Wadsworth Longfellow

슬픈 곡조로 내게 말하지 마라. 인생은 단지 한낱 헛
된 꿈에 불과하다.

_헨리 워즈워스 롱펠로

You may take a horse to the water, but you cannot make him drink.

_Abraham Lincoln

말을 물가에 데리고 갈 수는 있어도 말에게 물을 마시게 할 수는 없다.

_에이브러햄 링컨

A ballot is stronger than the bullet.

_Abraham Lincoln

투표용지는 탄환보다 강하다.

_에이브러햄 링컨

That man is the richest whose pleasures are the cheapest.

_Henry D. Thoreau

가장 부유한 사람은 가장 값싸게 즐거움을 얻는 사람이다.

_헨리 D. 소로

Man is the only animal that blushes, or needs to.

_Mark Twain

인류는 얼굴을 붉히는, 또는 그럴 필요가 있는 유일
한 동물이다.

_마크 트웨인

The young man who has not wept is a savage, and
the old man who will not laugh is a fool.

_George Santayana

울어본 일이 없는 젊은이는 야만인이며, 웃으려 하
지 않는 노인은 어리석은 자다.

_조지 산티야나

Everyone in the world is Christ and they are all crucified.

_Sherwood Anderson

이 세상 모든 사람들은 그리스도이며, 모두가 십자가를 지고 있다.

_셔우드 앤더슨

An eye for an eye, and a tooth for a tooth.

_Babylonian Proverb

눈에는 눈, 이에는 이.

_바빌로니아 속담

I am my own Lord throughout heaven and earth.

_Gautama Shitaharta

천상천하 유아독존(天上天下 唯我獨尊)

_고타마 싯다르타

Every baby is born with a message from God that He
is not despaired of man.

_Rabindranath Tagore

모든 아기는 신이 아직 인간에게 절망하고 있지 않
다는 메시지를 가지고 태어난다.

_라빈드라나스 타고르

Out of sight, out of mind.

_Chinese Poem

눈에서 멀어지면 마음에서도 멀어진다.

_중국 한시

Speech is silver, silence is gold.

_Oriental Proverb

웅변은 은이요, 침묵은 금이다.

_동양 속담

Never too late to mend.

_Confucius(Kongzi)

잘못을 고치는 것은 뒤늦은 것이 아니다.

_공자

Once bit, twice shy.

_Quyuan

한 번 물리면 두 번째는 조심한다.(자라 보고 놀란 가슴 솥 뚜껑보고 놀란다.)

_굴원

If you know your enemy and yourself you will never lose a hundred battles.

_Sunzi

적을 알고 나를 알면 백전백승이다.

_순자

Shun is a man; I also am a man.

_Mencius(Mengzi)

순(舜)도 사람이며 나 또한 사람이다.

_맹자

All men know the utility of useful things; but they do not know the utility of futility.

_Zhuang Tzu

세상 사람들은 모두 유용한 것의 쓰임은 알면서 무용한 것의 쓰임은 알지 못한다.

_장자

Seeing is believing.

_Francis Bacon

보는 것이 믿는 것이다.

_프랜시스 베이컨

If you want others to be happy, practice compassion.

If you want to be happy, practice compassion.

_Dalai Lama

사람들이 행복하길 원한다면 자비를 실천하라. 당신이 행복하길 원한다면 자비를 실천하라.

_달라이 라마

If you give me rice, I'll eat today. If you teach me how to grow rice, I'll eat every day.

_Mahatma Gandhi

만일 내게 쌀을 준다면 나는 그것을 오늘 먹을 것이다. 만일 내게 쌀을 경작하는 방법을 가르쳐 준다면 나는 매일 먹을 것이다.

_마하트마 간디